Helmut Haberkamm
Frankn lichd nedd am Meer

77 Gedichte
in fränkischer Mundart

Mit einem Nachwort von Fitzgerald Kusz

Gedichte · ars vivendi

Heimat ist das, wovon man ausgeht.
T. S. Eliot

Originalausgabe

Erste Auflage September 1992

Postfach 42, 8501 Cadolzburg

Typografie und Ausstattung: WMS&S
Lektorat: Heike David
Druck: Meyer, Scheinfeld

ISBN 3-927482-43-9

Inhaltsverzeichnis

IV
Aans wies anner

V
Schauner hie

VI
Ach Frankn

VII
Weid wech

I Wos derzu kerd

Frankn lichd nedd am Meer
nooch Ingeborg Bachmann

Sinn in unnera Geengd di Haiser gree, wäggsd der Wei
Di Hauswänd nauf, na gehi nei, liemd gern, laßmi geh.
Sinn di Weech ruhich, gehi nedd leichd wech vo doo.

Bins nedd iech, is hald a annerer.
Erheebli simmer nedd bloß derhamm.

Gehd doo a Booch, a Fuhr, a Bruggn, sollsmer gnuuch sei.
Leeng Wiesn im Grund, stenn Bammer endlang, na langdsmer.
Na brauchi ka Meer, na landi mei Lebdooch im drifdichn Grund.

Bins nedd iech, is a annerer. Bedeidnd simmer allaans
midnanner.
Aweng wos muß obber oofalln fier miech. Zugrundgeh, des is
nedd mei Fall.

Zugrund – falls des haßd, zum Meer: Dodd lichd ka Frankn
nedd.
Himmlweid is dervoo endfernd, un des aus guudm Grund.
Ka Mensch hadd doddn wos verloorn. Gschweings zer suhng.

Schausner oo, di Frankn, gscheida Wercher, Eingbreedler.
Eing sinnsi, fraali, duggserd un defdi, grood oo un drauf aus.
Di Werder nehmers ins Maul, lassns zergeh wi rauha haaßa
Glees.

Di sinn zum Schießn, zum Brülln. Mierweeng kenndermer
Hunnerdmoll derzälln vo Gledscher, Stränd, Straßerschluchdn.
Wosmer kadd hadd, häld aan. Aufmachn mußmersi ins Einge.

Wus di aufmaggsd, is woschd, ob in Frankn odder am Meer.
Wer si eiläßd, find wos. In Frankn fraali fällds aan scho härder
Kumma di Werder härder, ausm Grund, waach wi rauha Glees.

Frankn lichd nedd am Meer. Obber des baßd scho. Es werd scho.

Idendidäd

Wurri herkumm, wirri haaß, wemi
Gleichsiech, wemi noochgrood

Wosmer kaaßn hemm, wosmi
Baggd, wosmi miedgnumma hadd

Wossi gsehng hobb, wurri
Gweesn bin, wossi glernd hobb

Weni droffn hobb, wossi
Derlebbd hobb, wossi waaß

Wossi kann, wossi kenn, wossi
Du, wossi sooch, wossermer denk

Wos dief drinhoggd, wosmi
Ausmachd, wosmer noochgehd

Wossermer aufkalsd, wossermer
Kolld hobb, wosmer oodoo hemm

Mid wossi wos oofang, wosmer
Wos oogehd, aus wossermer wos mach

Fier wossi groodsteh
Fier wossermi grummleech

Obber wossi woor, binni nämmer, wossi
Bin, bleibi nedd, wossi sei meecherd

Binni nunni - Ach
Wos waaßn iech?

Aaschgrinder Glaumsbekenndnis
oder
Wos derzukerd, kerd hald amoll derzu
nooch Fitzgerald Kusz

Kerng un Glees, dees is a Sunndooch
Ohna Glees is a Sunndooch ka Sunndooch nedd
Also ohna Glees, doo kannermer gstolln bleim
Ohna Kerng is doch a Sunndooch ka Sunndooch nedd
Schmeggd aan doch scho goor ka Glees

Wemmer an unnern Godd glabbd, na glabbds
A gscheider Broodn, a guuda Breedichd
Scheena glänzerda fesda rauha Glees
So lassermers eigeh, so kerdsis
Na kammer erschd soong, a Sunndooch is a Sunndooch

Wos hald amoll derzukerd
Kerd hald amoll derzu
Wosn sunsd?
Doo gidds goor nix annersch

Hölderlin auf Roodduur im Aaschgrund

Oogstelld haddersi wi der Hund zun Scheißn.
An Bladdfuß hadder kadd, obber kann blassn Schimmer
Wos zer doo is, wummer noolanga, wummer oobaggn misserd.
Bös aber sind die Pfade, ach, dornenreich, unterm Äther ...

Waddner, iech helfder scho! hobbi gschria, Waddner!
Sunsd hollsder nu an Dreef, so siggsd du aus, alder Sefdl.
Wohin denn ich? hadder gfroochd, ins Blaue
Glotzd wia Mondkalb un gmaand: *Alles suche ich.*

Reed nedd so saudaamisch gschwolln doher!
Hobbin oogfohrn. Lang lieber aweng helf mied noo!
Waafn un bleed schaua kann a jeeds. Des is ka Kunsdstigg nedd.
Fliggzeich hobbi kadd, ball hadder Flegg glebbd aufn Schlauch.

Leb wohl dann, heilige Jugend, Rosenpfad der Lieb'!
Wi ersner immer doherbrengd, sedda närscha Woor!
Heer auf, ischo guud, schau daßd weiderkummsd. Bissermi
Na versehng hobb, woorer scho fodd, Richdung Goddesgoob.

II Herrschafdszeidn

Sellmoll, Herrschafdszeidn

Wer in 1523 nicht stirbt,
1524 nicht im Wasser verdirbt
und 1525 nicht wird erschlagen,
der mag wohl von Wundern sagen.
Merkvers

Geh auf den Weg nach Dachsbach,
und leg dich mit dem Ohr auf die Erde,
ob du nicht Pferde kommen hörst,
und sei gleich wieder hier.
Goethe, Götz von Berlichingen, 1. Aufzug

Gallgeglabber hobbi keerd, wies scho stiechnachd woor.
Zwaa Reider sinn hergsprengd gweesd in dera Grimmkäldn.
Gschnaufd hemms, gredd hemms; iech hobb nix verstanna.
Keerd hobbi an ihre närschn Reedn: Die woorn nedd vo doo.

Schwera Stiefl, weida Mändl, warma Kabbm hemms ookadd.
„Schenkwerd", hadder aane aufdroong, „wos Warms!"
Mei Fraa hadd na a Brieh gmachd, Brood un Bressagg noo.
Ka Mensch woor sunsd in der Werdschafd, sellmoll, in dera Nachd.

„Wu kummdern her, zu dera dungln Stund, wi di Oofanger?"
„Ausn Boodischn, aus Schwoobn, ausn Ries kummer her.
Habbders nunni keerd? Di gschundna Bauern stenna auf!
Ieberoll ziehng Bauernhaufn geecher di sindhafde Oobrichkeid."

„Mein Lieber, ihr brengdmer doo belzia Boodschafdn!
Mir kummds so vor, ihr zwaa Herrn haßd des na aanu guud?"
„Schenkwerd, sochd selber, breßd eich nedd aa Froon un Zehnd?
Jeeds Johr nix wi Abgoom, Erbzins, Hoobern un Hehna?"

„Des grood gnuuch! Bruderherz! Die hollns vo di Lewendin!
Obber sich erheem, is des rechd? Derzälld, wos drundn bassierd!"
„Di glaakaldna Bauern schoornsi zamm mid Gwerch un Gwald.
Grooß Gschrei gidds, si ziehng vor di Gleesder un Schlesser.

Si foddern Freiheid vo Flur un Wald un Wasser.
Si sinn hitzi, nehma kann falschn Rood un Bedachd.
Si welln nämmer länger leibeing un zinspflichdi sei.
Si brechn loos mid hella Haufn geecher ihr gscheidn Herrn."

„Um Himmlswilln", ismer doo na aus meim Maul nausgschossn,
„Des issa Sind! Der Oober stichd allerwall nu in Under.
So woors, so blabbds, so stehds in Goddes Rood!
Wu kämerdmern doo hie, wenn a jeder is Doodschloong
oofangerd?"

„Lieber Werd", sächder anner, „bessera Zeidn wern kumma!
Godd hadd im meim Mund a scharfa Zunga oogschloong,
Die wu di Goddlosn di Galln in Gsichd un Gribbn drabbd.
Sei Geisd is aufmer, sei Grichd un Urdeil kummd.

Sei lewendis Word heeri, sei Reengboong seengd unnern Bund!
Mei Herz greind Bluud un schlächd fiers driggde Volg.
Mir Menschn sinn gleich geborn un sterm in gleichn Dood.
Godd gidd uns Feier un Schwerder, daßmer di Goddlosn gscheid
schloong."

„Godd im Himml", ismer siedhaaß kumma, „ihr säd an Aufruhr!
Wenn des der Amdmoo heerd, kummer nauf aufs Halsgrichd!
Wos ihr doo welld, des will doch nedd der Doggder Ludder?
Geechern Boobsd, ja, un fier a deitscha Breedichd un Biebl!"

„Der Widdnbercher is ka Nachdigall un ka Gluggn!
A Guggugg isser, a Geier, des is der Lienghund Ludder!
A Feichbauch, der di Firsdn folchd un di Bauern frißd!
Goddes Sichl werdn stutzn! Di Niedrichn steing in di Heh!"

„Du lieber Godd, heerd auf, mir werds ganz daamisch zumuud!
Ihr seid drauf un droo, eiern feierin Kopf zu verliern!
Aa wenn di Zuständ nu so schlechd sinn, a Ruh muß sei.
A Aanzlner richd nix aus, un gwaldsam scho glei goor nedd!"

„Mir sinn nedd weng, mir hemm Kepf un Gräffd grood gnuuch.
Des Volg senn mir, odder, Schenkwerd, simmers nedd?
Di Firsdnbaich un Pfaffnbeidl missn broodn un brutzln.
Drum senga un brenna, drum blindern un stechn, dassi wos
dudd!"

„Um Goddeswilln, heerd auf, laßd oo, ihr säd Sind un Streid!
Der Marggroof un di Bischeef, die bleschn eich mid Feier un Zunder!
Sengenda, brennenda Reider sinn di Bauern ihr Dood.
Weiber un Kinner schreia, Bluud un Gluud sterzd vo di Himml!"

„Der Herr is mid uns, der schlächd di Goddlosn vo ihrn Drohn.
Der stehd an der Spitz, der schmaßd di Oobern un Grooßn vors Grichd."
„Ihr kennd doo nedd bleim. Wie schrabbdn ihr eich ieberhabds?"
„Iech bin der Domas Müntzer vo Millhausn in Düring droom."

„Herrschafdszeidn! Seiders wergli? Auf den der Ludder so schend?
Vo demmer gsochd hadd, wer na gsehng hadd, der kann soong,
Er hadd in Deifl leibhafdi gsehng, in seim heggsdn Grimm?"
„Der binni. Mir missns baggn. Ieberoll schreid is Uurechd."

Naggerd vorm Dürer seine Aang

A boor Stundn woori scho immer beina
Masdns nammidooch, wenn weng zer doo woor
Manchmoll haddermi kolld; masdns haddersi gfreid
Haddmer kaaßn, wurri hie un wirrermi noostelln soll
Iech hobbmi auszoong, hobb kaldn un hobb gschwieng.

Mehr nooch lings, in Kopf hecher, in Arm oospreizn
Ja, etz still, nedd riehrn, kann Muggser, so baßds!
So haddermer sei Ooweisunga geem, wossi doo soll
Hadd gstrichld un gritzld un in aana Duur gmoold
Witzblitz woori am Bladd, echd un gedreili, wirri bin.

Sei Fraa hobbi nie verbutzn kenna, sie miech aa nedd
Hemm ka Kinner kaddn; bloß Sorng un digge Lufd
Die haddmider oogfauchd, die hobberder gfressn kadd!
Wurrermer vier Blädder geem kadd hadd, der Dürer
Wurri oobild woor, haddsi däfier is Geld nu gfodderd.

Der hadd wos drauf kadd, der Dürer, mein Lieber
Alla hemmsis gsochd; woor ooständi un arch ernsd
Haddmi zohld, nie gfroochd, wossi fier aana bin.
Ofd nu, wemmi a Moo so ooschaud, denggi an sei Aang
Die mi baggd hamm, zeerdli, ohna daß mi ooglangd hamm.

Nooma, Zohln, dief eigroom am Denkmool

Dief eigroom woornsi in der Erdn
dassis nedd derwischd un droffn hadd
is Barraszeich hadd an ihna gschlaggerd
is Gwehr woor scho ausranschierd
ieberoll woorn alda Männer, junga Bieble
duggd hemmsersi, wenns an Schlooch doo hadd
dreem hemmsi na di Ami scho keerd
di Gschitzer un Banzer, wies kumma sinn
gferchd hemmsersi, gschlodderd hemms
gfroorn haddsis, bibberd hemms
aufgsprunga sinns, wi bstußd
aus ihre Lecher, nooch ihra Mudder
hemms gschriea, foddgloffn sinns
na is vo hindn di SS kumma
un haddsi in Buggl gschossn
haddsi midn Heldndood gschloong
drund bei Ingolstadd woors
nedd weid wech vo derhamm
obber so weid wech vo Menschn.

Under uns

Is Schlimmsde is
Under uns.

Iebers Grebbsde
Is Groos gwaggsn.

Ganza Schlachdfelder
Leeng underm Roosn.

Auf di Massngreeber
Spillns scho lang Golf drauf.

Under di Grillblätz moodern
Di doodn zwanzgjährin Soldoodn.

Dodd heem di Hind heid is Baa.
Dodd leeng si Liebesbeerle in di Hoor.

Dodd pflanzn Rendner Radiesle
Gießn Stiefmidderle un Goddesaang.

A Ruh is
In der Erdn.

Iebers Grebbsde
Is Groos gwaggsn.

Is Schlimmsde is
Under uns.

Wohrzeing

In Wasserschloß droom, doddn, wu bludjunga Hupfer
rumschmusn denna, wussi raang un rumgaagn denna
wäggsd is Groos, noogld der Wind Blädder an di Buchn
die stenna ihrn Mann widdi Stanner im Kerchhof.

Doomools, widdi Leid in der Kerng derneem
bedd hemm un gsunga, wissi der Pfarrer
loos, leedi un frei gsprochn hadd
doo hemmsi, nix wi an Staawurf weid wech
middi Beidschn di Buggl voddi Boolnmänner
bluudi un rissi gschloong.

Des woorn fleißia Kerl, belibbd bei di Bauern.
Sunndooch frieh na sinnsi ums Wasserschloß
driem wonn, hemm gschnaufd un griena.
Am Moondooch nacherdla
wissi Sägg droong hemm solln bein Dreschn
is na is Bluud in offna Buggl noogschossn.
Du lieber Godd, sinn di Maadn doo derschroggn!

Ihre Beidschn hemmsi pfaldn noochn Griech
ihre brauna Glamoddn verraamd, Gwehrer vergroom
sinn Kerngvorständ un Gmaaräd wonn
woorn widder in der Baddei
sinn Händler un Bauern bliem
un hemmsi schwazz gercherd
iebern verlorna Griech.

Wosmer alles find

Alles verstabbd, der ganze Gruusch
des ganze alde Glumb vodder Oma.
Obber ihr alda Brilln hemmer gfunna
wagglerd, aus Drohd, lusdi schauds aus
is hald a scheens Oodengn nu, nä.

Aufn Eddwie siggsd an Nooma:
Univ. optiker Heinrich Merz.
Der hadd aa mied foddgmissd nooch der Grisdallnachd
wos aus dem wonn is, des meecherdi aa wissn
der is nämmer kumma.

Obber des mußmer soong:
Guuda Brilln hadder gmachd
mid gscheida Gleeser
die hemm wos dauchd
mid denna haddmer alles gsehng.

Aus der Menge der nadierlin Zohln

Achdzer
isser geborn. Sei Vadder hadd
scho an Loodn mid Stoff
un Ooziechwoor kadd.

Aanadreißg
hadder beichd. Sei Mudder woorder stolz.
Die hemmsi wos eibild auf ihrn Buum
un ihrn Loodn.

Fimpferdreißg
woorer scho dabei
bei di brauna Maulaufreißer.
Fanoodisch, midder Uniform im Werdshaus.

Achdadreißg
hadder di Sünnagooch oozind.
Haddsi is Judnhaus undern Noogl grissn.
Woor schee doogstanna. Auf aan Schlooch
schuldnfrei.

Heid
hemmsi is erschde Haus am Blatz.
Lauder scheena Woor, wos glabbsdn.
Schendn ieber di Steiern, gloong iebers Gschäfd.
Dangn ihrn Herrgodd.

Is blieherde Leem, a alda gelba Kaddn

Wunna sei Mudder gstorm is
do woorer nua Biebla, Bäder hadder kaaßn
der hadd na so a Merdlsmaala keierd
obber di is na jung scho gstorm
Oodemnood haddmer des kaaßn, Herzerweiderung
na is nu Wasser dazukumma
na hemmsis gfunna in Bammgaddn droom
denk amoll oo: Zammgfroorn woorsi iebernachd
gwieß wohr, na hemmsis aufbohrd kaddn
drauß in Deena, a stolza Fraa
woor in Sarch drinnagleeng wies blieherde Leem
des kannermer nu dengn wi heid.
Un midder zweidn Fraa hadder nacherd
a Meichererd kaddn, a Kunni, a Lisserd
an Gerch, der is na in Griech gfalln
a Booberd, die hadd na auf Neistadd keierd
an Kusseng vo denn Moo, der wu auf der Kerwa
immer denn Zuggerstand kadd hadd
Schlegl haddersi gschriem
sei Mudder woor a Scheeleebi vo Iefld
di Meichererd hadd na deend beim Daschndorfer Miller
di is foddkumma, wissi beichd kadd hadd
dodd woorsi Maad, bissi na keierd hadd
ihr Moo hadd na an Leibschuß grichd
do haddsi nadierli a scheena Griegsrendn eigstraafd
drin in Kerchhof haddsi an scheena Staa.
Vo dera hemmer amoll a Kaddn grichd
so a alda gelba Kaddn
iech waaß nedd, wu di hiekumma is.

III Vo Dooch zer Dooch

Vo Dooch zer Dooch

Kiehstallglufd, gmolgn un Sai gfidderd
di Strei neibradd
nacherdla a Schalln Kaffee
un a Stiggla Schadd.

Gelberruumgmies, di Kalm besoomd
beim Beggn gweesn
Fudderaaschi kold, is Wedder keerd
in Margdberichd gleesn.

In Gerch dreem droffn, graadschd un gredd
is Saigeld zälld
an Robbarn voller Rangersn kold
Erpfl oogneggld.

Kiehstallglufd, gmolgn un Sai gfidderd
Stroh un Beesn
Brood un Baggstaakees, ball drauf ins Bedd
un is Kalennerbleedla gleesn.

Under der Deggn

Bugglgrumm un hunstaamied
lichdsi oomds nacherd in ihrn Bedd
schnaufd ieberschi zu der Deggn nauf
dengd iebers Kalennerbleedla nooch
dengd ans Kälbla, des wu di Scheißn hadd
dengd an di Domoodnpflenzli in Gaddn
dengd an di Kaddn vo ihrn Buum
un bsinndsi, wenner is letzdmoll doo woor.
Na dengdsi droo, wissi nu Kinner woorn
un wissi selber nua Maadla woor.

Ferng duddsersi vor goor nix
bloß dasser widder hammkummd
mid aaner Fohna un aana roodn Ruum
un dasser widder rieberlangd
dasser widder rieberkummd zuera
dassi widder sei Stobbln spierd
sein Schnupfdabagg, sei Gwichd.

Obber wos sollsin machn? Haldn mussi.
Un so schnaddsi ihr Beedla goor naus.
Di Deggn droom leichd un schweichd.

Sunndoochnammidooch

Di Kinner sinn midn Audo foddgfohrn
un mid ihre Freind un Freindinna
in di Stadd nei, auf di Kerwa.
Der Moo is bei seiner Freinschafd
obber doo gehdsi scho lang nämmer noo.

Sie spilld oo un wischd naus
nacherdla is halber dreia rum
un si hoggdsi nu aweng an Diesch noo
dudd Strimpf schopfn, Hoosn naufschloong
Hemmerder fliggn un Wäsch eiwaang
nacherdla nu aweng im Sunndoogsbleedla leesn.

„Etz hobbi gmaand, doo is a Audodier ganga“
sochds vor si hie
obber doo woor nix
bloß der Zeicher is gruggd auf der Stummuhr.

Des glaa Maadla un der ald Dood

Wussi nu a Maadla woor un vo dera Woor
nu ka Verstehsdmi kadd hadd
doo haddsi den aldn leedin Dood
nu pfleechd bisser gstorm is
a glanns Maadla vorm Doodnbedd
ohna Oosprooch vo frieh bis oomds.

Un sellmoll an dem Dooch
woorn alla aufm Agger draus
bloß sie glanns Hanserla nedd un der Dood
in seiner aldn Beddstadd in der kaldn Stumm
der hadd gschnaufd wi a Bosdgaul
un hadd zura gsochd:

„Waddner. Iech wadd scho nu
bis dei Vadder hammkummd
vom Agger. Waddner.“

Un wergli, in der selbin Nachd nacherdla
isser na gstorm.
Der Dood hadd Rechd pfaldn.

Seidn Griech

erschd sinn di Männer fodd
nacherd sinn di Ami kumma

a Haufn sinn im Feld bliem
a Lasd Flichdling sinn kumma

na sinn di Männer widder kumma
keierd is wonn, Kinner sinn kumma

di Flichdling sinn ganga
hemmsi scheena Drimmer Haiser baud

der Moo is auf di Erwerd fodd
di Kinner sinn dohergwaggsn

mer haddsi neiglaand, mer is
auf Zagg gweesn, auf Drabb

di Kinner hemm gschuuld
der Moo is na grank wonn

di Kinner sinn na ausn Hausn gweesn
der Vadder, ball drauf di Mudder sinn gstorm

der Moo hadd sei Rendn nämmer derlebbd
etz hoggdsi allaans doo in denn Drumm Haus

mid dera scheena Rendn
un wadd hald, bis goor is

Di Kinner

nooch Robert Minhinnick

Neigschissn, gschiggld, gstodderd hemms, a Spanga droong.
Is ganze Zeich, di grumma Zäh sinn na nu grood wonn.
Schwer zer soong, obs di etzerdla nu braung denna
Di empfindlin junga Leid, dei einga Kinner
Di wu Dschinn Donnig dringn, alles mid vill Eis.

Wos di Erfohrung oogehd, bisd nu immer bluudia Oofängeri.
Dei Kinner dergeeng hemm di ganz Weld scho gsehng
England, Frankreich, ieber di Audobohna nieber
Im Woong von am Freind, ihr lauda Musigg aufdrehd
Wenn si dei lahma Kisdn ieberholn, wie im Fluuch.

Obber nu immer bildsder ei, du kennsd di fremdn Leid
Zeigsd Foddos rum vo Ausfliech, vo Kinner
Di wussi amoll woorn; Gall, di wu griedn
Berch, di wu bestieng wonn sinn. Schauner nohd noo
Un du siggsdi selber, in di besdn Johr, a Fraa

Im Hindergrund, di wu ergndwos ooláchln dudd
Wummer nedd sichd. Obber du wersdi wunnern, wie
Beständi du bisd. Raam hald na di Broodzeid noo
Des maggsd doch so guud un so gern. Obber ball drauf
Wingnsi scho Addee durch ihr naufgfroorna

Audoscheim, wissi foddfohrn denna nooch ihrn Derhamm
Aam Leem endgeeng, in dem ihr Buggl an enga Greis
Bildn denna. Kummd di Reed jemolls auf diech?
Es werd nie still in ihre schwierichn Gsprächer. Un sie
Hemm widder nedd gsochd, wenn si is näggsd Moll kumma
welln.

Aaner vo denna greislin Rendner

Es horchdn ja scho lang kanner mehr zu
wenn er widder derzälln dudd vo seim Griech
wosser derlebbd hadd, wosser miedgmachd hadd
wies laafn hädd kenna, wies na gloffn is.

Suggoor sei Fraa hadd sei Auszeichnunga vergessn.
Si sochd scho lang nix mehr, wenn er grandi is un schend
wenn er si widder mid Nachbern un Kinner ooleeng dudd
läßdn reedn, schiggdn eikaafn midn Hund, odder Audowaschn.

Wenn sei Kinner hammkumma, gidds jedsmoll Streid.
Immer kummers mid na hindrernanner ieber woos un nix.
Sunsd woorer wunner wi stolz, daß wos aus na wonn is.
Heid reechdersi auf, wennsn widder iebers Maul fohrn.

Kanner froochdn wos. Er grichd a Händ, di Mudder an Kuß.
Ieberhabds haddersi alles amoll annersch ausgmoold kadd.
Frieher isn di Familje ieber alles ganga, haddersi gfreid.
Heid driggdn sei Gebiß; dauernd drehder an seim Heergeräd.

Ihr Leem lang

Ihr Leem lang hadd di Lechners Lena
gerwerd un nix wi gspoord.
Wissi ald woor, hadds an Buggl kabbd
ka Zäh mehr, obber an Boord.

Ihr Moo is gstorm, di Kinner fodd
di Erinnerunga, di Schmazzn, di Erwerd
wos annersch issera nedd bliem.
Kanner greinerd lang, wenn si etz sterberd.

Under der Wochn, wennsera langweili is
wenn di Zeidung un is Fernsehng nix brenga
na gehdsi durchs Dorf, hoggdsi zun Doggder
schaud, widdi Lasdweeng un Bulldogg rumsprenga.

Bugglerd hoggdsi in der Kerchersbänk
un bläddered drin in ihrm Buuch
di Breedichd, Glees, a scheener Broodn
des is ihr ganza Freid, des issera gnuuch.

Manchmoll grichds Bsuuch, manchmoll kumma Leid
bei aana Schalln Kaffee, an Stiggla Kuung
reedns iebers Wedder, iebern Pfarrer, ieber annera Leid.
„Also sowos naa! Etz mußd fei nu mei Bletzle versuung!"

Di Kinner, di Enkl, di Bilder hänga an der Wänd.
Staabfusserle, Spinnaweem derzälln vom Sterm.
Alla hemms mid sich zu doo, wos wellnsn midder Oma?
Di Haubdsach is, am End gidds an Batzn zu erm.

A Lasd Gränz un Leid

Sedda scheena Zepf haddsi kaddn
woor reggsi, aufgweggd un ficherland.
Na issi Maad gweesn, hadd deend
in an kaldn, mufflerdn Loch hadds kausd
Eibrenni, Milchsubbm hadds geem
oomds an Schnitz druggns Brood.
Obber si is na grank worn, schwächli
na hemmsis hammgschiggd zu ihre Leid.
Na hadds keierd. In Reeser.
Dees woor a lusdicher Kund.
Obber gsuffn hadder hald aa.
Is nedd ald worn. Na is doogstanna
mid an Hafdla Kinner, midn glann Haisla
fier des si nu lang oozohln hadd missn.
Griena hadds, gränglerd issi worn.
Hadd in di Glinnig gmißd, rausmachn lassn.
Woor nedd beesoordi, hadds kaaßn.
Obber derfangd haddsersi nämmer.
Ball drauf woorsi in Kerchhof gleeng.
Hadd a scheena Leichd kaddn.
A Lasd Gränz un Leid hadds geem
Suggoor di Kinner worn doo.
A boor wenigsdns.

Station

In jeedn Bedd, in jeedn Kissla
lichd a glanns hutzlerds Kepfla
weißa Hoor stenna in di Heh
hella Aang stiern ganz wuannersch hie.

Is Kinn is nooglabbd, der Mund offn
di Libbm murmln wos
vo an Haisla, Gärdla, vo an Buum
si babbern, obber kanner horchd noo.

Aamoll hemmsi aan ooglächld, ihrn Moo
ihr Kinner, des is a halba Ewichkeid scho her
wussi nu alles kennd hemm
wussi nu dengd hemm, alles werd guud.

Wos hemmern heid fier an Dooch?
froochd a Fraa. Kanner horchd noo.
Kanner mergd, wissi nuamoll
di Blumma riechd, di Gloggn heerd

nuamoll auf di Libbm zu guuder Letzd
ihr Leibspeis schmeggd
nu moll Stimma heerd
a Helling sichd

bevor na, kozz bevor di
Nachdwachd kummd
ihr glanns Kepfla
auf di Seidn rolld.

Grooßvadder

Erdn hadd sei Fingerneegl in di Heh driem
In seiner Feldhaud woorn Erpfl gsteggd
Ohna Zäh hadder sei Milchsubbm gsichld
Midn Gehsteggn ummern Kerchersdurm gaggerd.

In di Fensder sinn di Federbedder gwaggsn
Seeng hemm kaald, Missbrieh un Biena sinn gfloong
Daschndiegle sinn ieber di Aang hinnerwidder gfohrn
Wissin droong hemm, middi Fieß vorroo.

Noochlaß

Im Schrank lichd sei alder Huud.
An di Hägn, an di Glaaderbiegl hänga
sei Ooziech, Hosn un Mändl.

Schee zammgleechd leeng am Boodn
na die blaua Scherzer, stenna di
schwern schwazzn ledrin Sunndoogsschuh.

Aufm Waschdiesch lichd sei Rassierer
a Spiegl, derneem a alder Handwelln.
Di Kasdoonabammer, der Kerchersdurm:

Alles, wosser gsehng hadd, is bliem.
Sein letzdn Weech, sei Groob, hadder kennd.
Wos fodd is, blabbd in di Lewendin begroom.

Wos lebbd, is ofd nedd mehra
wi so a alder Huud
fier unner vill zu grooßn Kepf.

Bauernseifzer

Di Bauernregln wern
in di Büro an di Wänd binnd
di Bauernschränk stenna
in di Siedlungskäsdn.

Is Zaumzeich, der Striegl
der Dreschflegl, der Saidrooch
oogfohrna Bulldoggreifn
mid Blumma im Roosn.

In Deena stenna
oogmoolda Milchkanna
a Spinnreedla un a Budderfooß
im Baddikeller hängd a Holzrood.

Wenn di Leid di Bladdn butzn
blabbd bloß nu is Zeich
fier di frehlin Erm
un fiern Dremberlersmargd.

Wos blabbd, kummd fodd.

Haushald

in Dieschloodn drin lichd
a Ringgerla oogschimmlds Brood

in Kicherbiffee drin leeng
Scharmitzl un Flaschnkäbserle

in der Kommoodn drin sinn
alda Gsangbiecher un Hoorspängerle

in Waschdiesch drin is
di zammgleechde Wesch, gligg-guud un mufflerd

in Glaaderschrank hänga
di oodroongna Ooziech un Scherzer

in Speiserbiffee stenna
dreggerde Häferle, Gleesle un Biggsle

alles is nu, wies woor
wissi glebbd hadd

wies is, so woors, gwieß wohr
obber wies woor, is nämmer

Di selln un di seddn

Di kenna ka Greem un ka Schenzle mehr machn
Di baggn ka Kiegle un ka Grapfn mehr selber
Di baua ka Ruum un mäha ka Grammerd
Di melgn ka Kalm un schroodn kann Waaz
Di holln ka Fudderaaschi un ka Fischmehl
Di dreschn kann Hoobern un ka Korn
Di geem ka Hei ei un streia ka Stroh nei
Di aggern nedd, säha nedd, häggsln ka Fuhr roo
Di schiern kann Kesdl, kann Dämpfer
Di machn ka Graud ei un buddern ka Milch aus
Di gneggln ka Erpfl oo un heem kann Gree auf
Di essn kann Kullupfn un ka Baggers
Di hemmsi nunni bloochd in kanna Breddn droom

Bloß saugscheid doherredn, des kenners

Schood is

frieher
hemmsi Gaddndierle auskängd un verdauschd
hemms Fohrrädder an di Dachrinna bundn
hemms Miesd in Draadboodn naufdroong
midsammsdn Woong

frieher
hemmsi Fensderfliegl mid Bredder zugnoogld
hemms Kinnerweeng aufn Schlood naufgstelld
hemms Bsuffne in Saistall neidriem
sabberlodder

heidzerdooch
zeings di oo, wennsd a Schaufl Dreeg wechnimmsd
odder an Robbarn Erpfl vor di Staffl schiddsd
zeings di oo, wennsd an Milchwoong versteggsd
bloß zweggs der Gaudi

heidzerdooch
schiggnsder di Schanddarm bei jeedn Hundsfotzn
wennsd in der Nachd di Sau raushollsd
un an Miesdhaffdn naufbindsd, dassi gwiegsd
bloß zweggs der Gaudi

heidzerdooch
is di Gaudi scho a Verbrechn fier di Schanddarm
di Leid sinn lauder Gniefiesl worn, beedlfechderisch
barragrafisch un pfennifuchserd bis doddhinaus
schood is

Wosmer der ald Griecher nu gsochd hadd

auf der Straß
werschd iebern Haufn gfohrn
dennersdi lewendi vergaasn

in der Stumm
hoggn di Kinner un Aldn vor der Kisdn
un wern eleggdrisch oogluunga

in der Stadd drin
renners rum wi der Schieß in der Reidern
glotzn rum, wos di annern dergadderd hemm

in di Leedn
mußdi schiggn, schnellschnell, sunsd schendns
alla stierns hinder ihr Grawaddn un Gschäfder vier

in dem Leem doo
kerschd der Katz, solangsd warm bisd
bisd na hie, na kerschd di Wärmer

in dem Leem doo
wos hemmer denn doo scho annersch, sooch amoll
als des glanne bißla Leem

IV Aans wies anner

In der Nachberschafd

Horch amoll, heersders nedd
do hadd doch aaner gschriea
do hadd doch etz aans blägd?
Horch amoll, woss woorn dees
woor des nedd dreem bei denna?
Na ja, horngmer lieber goor nedd noo
des woor ja bloß bei denna!

Dübbisch

Der is doch mei Lebdooch scho a Lumb gweesd!
Underm Hidler hadder di Leid dredzd un draggdierd
haddsi driggd un schiggernierd bis doddhinaus
hadd is Maul aufgrissn un rumkummerdierd.

Der is doch mei Lebdooch scho a Lumb gweesd!
Haddi Leid reigleechd un brelld bei di Maschiena
hadd in greßdn Daal fier si selber bsorchd aufn Verrein
haddi Woor glieferd, un wenns hie woor, staabaa verlaangd.

Der is doch mei Lebdooch scho a Lumb gweesd!
Bloß midn Pfarrer hadders verstanna un middi Ämder
middi Grooßn hadder gredd, bei di Oobern hadder gloobd
bisser na drin woor im Gmaarood, ball drauf im Greisdooch.

Der is doch mei Lebdooch scho a Lumb gweesd!
Gerwerd hadder nunni vill, bloß oogeem un oodriem
annera fier bleed verkaafn, is Maul aufreißn, des hadder kennd.
Gerwerd hadder weng. Obber gwißd, wirrer hoochkumma kennerd.

Etz hemmsn is Verdiensdgreiz aa nu verlieha. Braugsd froong.

Dreesdli

Di Bosdbeedi haddn gfunna
wall kanns aufgmachd hadd
is neiganga un hadd gschriea.

Iech hobbn doch gesdern nu gsehng
hobbn droffn drund bein Beggn!
Also sowos na, giddsn des aa?

Drum hadd doo di Gloggn gliedn.
Iech hobbmer nu dengd:
Wos haßdn etz dees?

Woor a ooständier Moo, fleißi un gsetzd.
Hadd ja aa nix kennd fier sei Fraa.
Un daß sei Kinner kann Dauch geem hemm.

Am End woorer nämmer ganz hell
hadd närscha Woor gredd, spinnerds Zeich.
Hadd goor nix mehr erwern kenna.

Der hadd wechkerd vo dera Weld.
Der hadd nix mehr versaimd.
Der is guud aufkoom.

Mer kann in Herrgodd bloß loom un dangn.

Vadderdooch

In aller Frieh scho sinnsi fodd
mid an Ladderwäächerla, an Fäßla
un an Kasdn Bier hindn drauf
gweer durch di Bamba, bissi bsuffn woorn
durch di Wiesn gsaid, durchs Draad
Fresch gfangd un auf di annern gschmissn
voddi Bamm dumms Zeich rooblägd.

Oomds hamm, in Grill oogworfn im Gaddn
di Fraa hadd scho Serlood gmachd kaddn-
fier di ganz Schlassn. Di annern ihr Weiber
sinn kumma, gessn hemms un drungn.
Na hemms a Wiedeo neigworfn, a richdis scharfs
wussis gmachd hemm, wummer alles gsehng hadd.

Sprich hemmsi grissn, grinsd un glachd.
Di Händ in der Hooserdaschn, di Glubschaang
auf der Maddscheim. Im Gloos vo der Fraa
hemm di Eiswerfl glabberd, ihr Aang
woorn zu. Sie hadd gwißd:
Des läßdera widder wochnlang ka Ruh.

Ergndwos

Ergndwos haddsi. Schaud so grandi
in di Geengd. Verbeißdsi wos, schluggds noo.
Gehd nei ins Bood, drehd in Schlissl rum.
Greind. In der Maschiena schleiderds di Wäsch.

Di ganz Zeid im Graas rum.

Si dengd an an junga Dooch, an Brief
a Fadd auf der Kerwa, a Nachd voller Sternle.
Ihr Aang sinn ausglassna Weiher, ihr Hoor
verwoschdld. In der Maschiena bumbds is Wasser oo.

Di ganz Zeid in Guß noo.

Oorufe

Di halbe Wochn isser oomds fodd
hadd sein Verrein, sein Vorstand
sei Kaddlbrieder, sein Fußball
un etz, wu di Kinner einga Weech genn
haddsi oomds bloß nu in Fernseh.

Bloß manchmoll, wenn er widder fodd is
wenns muggsmaislersstill is im Haus
wenn im Kasdn bloß a Dreeg kummd
holldsi is Dellefoon, drehd di Wählscheim
un meldsi bei wildfremda Leid.

Wussi di Bollizei gschnabbd hadd
hemm alla middi Kepf gschiddld
der Moo, di Kinner hemmsi gscheemd
vor di Leid; sie hadd griena, nacherdla
glachd, glachd, glachd wi verriggd.

Neesd

Wenn aans kumma is, hadder na lang nu
sei Mannschafdsfoddo zeichd.

Er moogs nämmer heern, wissi lachn
wissi froong. „Doo kenndmer di goor nedd!“

Sei Aang leeng heid diefer drin
wi Gibbseier in am kaldn Neesd.

In di Brief steggn Voordrugg.
Im Bungalo steggd er un sei Fraa.

Wenn aans kummd, gehder am libbsdn
in Keller noo. Dudd rumgrämern.

Dudd wos basdln, sächder.
Soll a Ieberraschung wern.

Hoggd im Neesd, hadd an Strich im Gsichd.
Schluggd noo. Waaß nedd, wirrers soong soll.

Un zu wem.

Ehe dassi sterm

Jeeds Wodd, des fälld, schlächd a Kerm
Schlaafd a alda Gschichd hinder si her.
Noochdroongna Johr voller Blooch un Verbidderung.

Ohna neia Wodde kanns kann neia Oofang geem.
Un am End leeng zwaa Kerber neebernanner
Wi zwaa Fisch underm Eis im Winderschloof.

In ihr Aang leeng hafdnweis Dorn un Balgn.
Wossersi zugfiechd hemm, hemmsersi gnumma.
So groomsersi ihr Lebdooch ihr Groob

In dem sie na leeng wern, zwaa Kisdle Leem
Eidrächdi neebernanner, endli amoll einich.

Kalda Zeid

Schweing, Schnee
lichd auf di Schläfn, Eisblumma
auf der Netzhaud, Eis
zwängdsi nei ins Herz
di Fieß gfriern an di Schuh noo, Eiszapfn
bohrnsi is Greiz nauf, immer hecher.

Vier Aang, vier Ohrn waddn
auf a Frooch, auf a Wodd.
Zäh glabbern, Händ gratzn
Buchstoom in di einge Haud.

Kanner moog si leesn.

Nachds aufsteh missn

Is Lichd blendn am Abbodd.
Sei Gsichd is etz nu keesier.
Is Zähbutzbecherla mechder voll
un sterzds noo
auf aamoll.

Rasierzeich, Greemdeesle, Handiecher
hänga am Hoogn. Alles
in Oddnung, dengdersi.
Brauchersi nedd aufweggn.
Des vergehd vo selber.

Lang schauder nei in grelln Spiegl.
Langdsi an di Schläfn, an di Aang.
Fährdsi iebers Zohfleisch.
Auf aamoll maander, im Zähbutzbecherla
schwimmd scho sei Gebiß.

Obber es is alles in Oddnung
dengdersi. Will is Lichd ausmachn
langd an Hoogn, na haudsn
auf di Fliesn, a Schlooch
auf aamoll is a Ruh.

Hadd un waggsgelb woorer scho
am annern Frieh, wiesn
gfunna hemm. Der Bosdbood
hadd Kaddn brachd, wall
heid hädder sein Geboddsdooch kaddn.

Meim Kumbl sei Leichd

Der Heiner haddmi oogrufn
nacherd binni nadierli hiegfohrn mid meim Bugedd
des kerdsi, des woor ja aa amoll mei Kumbl
aa wenns scho eddlia Johr her is.

Di Leichd selber woor eigndli ganz schee
obber a daamisch Wedder woor, so a belzier Wind isder ganga
der Schnee woor scho a bißla aufglinna
un doo woorder nacherd a Dreeg un a Gschmier.

Obber des hädd aa kanner dengd vom Ginder
der woor doch immer so fleißi un so dichdi
un gliggli verheierd, di Kinner auf der Oberschull
un a sichers Drauskumma, an scheena Dschobb.

Iech waaß nu, wimmer immer Zigareddle graachd hemm
droom im Wäldla, wussi uns nacherdla derwischd hemm
un wimmer auf Danz gfohrn sinn mid sein lumberdn Mobbedla
un dodool oogstochn simmer in der Frieh hammgschwänzld.

Wossi nedd dengd hädd: Di Moni woor aa auf der Leichd.
Ob sei Fraa woll waaß, wos doo alles woor?
Naja, gehdmer ja nix oo, doo haldi mei Goschn
obber die wenns wisserd, die hädd nedd so gschneizd un griena.

Obber di Kinner kenna aan wergli ins Herz nei leid doo
die kenna ja aa nix dafier, daß bassierd is
mer hadd ja maana kenna, des Maadla fälld glei nei ins Groob
denna werds nu annd doo nooch ihrn Vadder.

Na hobbi nu aweng midn Heiner gredd
un a boor annere droffn vo unnern Johrgang
woor eigndli nu ganz schee in der Werdschafd
un oomds binni nacherd widder hammgfohrn.

Schloofloos gweezld in der Nachd

Di Nachd stehd draus un horchd
mid ihr riesichn dungln belzin Ohrn.
Wer redd, wer greind, wer griebld
in dera diefn Nachd ohna Schloof?

A grooß Haus mid langa dungla Gäng
is der Schloof. Wer nedd schläffd
hoggd auf der Staffl, glopfd un horchd
ob na aufgmachd werd, obber wos heerd.

Horch, der Wind in di Bammer, horch
a Glospielung, a Audo, a Hausdier
a Hund belld, Katzn gwaungsn, horch
a Mussigg, a Muggn, a Muggser.

A lechria Zudegg
a kalda Schuldern
a blinda Weld:
di hohlaacherd, zohluggerd Nachd.

Aans wies anner

Aldwern haßd
daßd ball aa
kald werschd.
Haaß sei, webbsi
kerd zum Jungsei.
Alles hoom welln
etz un auf der Stell.
Fladdrerd un sierisch
in Schnoobl himmlweid aufgrissn.

Alles fohrn lassn, aufgeem
kerd zum Aldwern. Jedn Dooch
werds mehra, wosmer nämmer doo
mooch, wosmer nämmer doo kann.
Federn lassn. Erinnerunga wachsn.
Gräha hoggn auf der Leidung.
Der Zweich neichdsi noowerds.
In der Lufd lichd so a Gruch.
Frosdnächd kumma, kalda Dooch.

Drieber noochdachd

Innermoll kumma di Gedangn
gschlichn wi dungla, duggserda Weiber
murmln wos in ihrn Boord nei, stenna rum.

Innermoll kummersi kupfd
wi aufdrehda Kinner, springa um der rum
un froong di Woor, wusd selber nedd waßd.

Innermoll hoggnsder in der Händ
wi zudraulia Veecherli, biebsn
un biggn der jeeds Kernla, des wusd na gisd.

Innermoll drohnersi wi schwera Gräha
in Neebl aufn Asd, aufn Masdn am Weech.
Odder leeng im Kopf drin wi kalda Staa

dreim Ring under di Aang un Spring ins Gsichd.

V Schauner hie

Derwischd un miedgnumma

In der Frieh in nassn Groos
widdi Sunna grood ausn blindn Neebl blitzd

iech hobb grood a boor Moll gringsdlersrum
un a boor Moll heemerdreem ieberzwerch gmähd kaddn

es is ganga wi gschmierd
in aana Duur, aan Mohdn noochn annern

auf aamoll siechis vorn an Messerbalgn
auf aamoll bremsi, schaldi aus

witzblitz steichi vom Bulldogg
laaf noo un siegs dodd leeng

un siegs, wies zabbld un wies aufsteh will
auf di Banner kumma un schnell dervoo

iech siech des Rehla, di bluudin Banner
siech di oogmähdn Fieß, wies schaud un zabbld

iech steich auf di Aggerschiena
lang ins Käsdla, holl in Hammer un maggs hie

iech droogs na fodd un steh un schau un zidder
di Glaader ganz bluudi, is Gsichd schmieri un naß

Vo weeng „Sehnsucht" odder so

lang nooch Eichendorff

Di Sternle scheina so goldi,
Iech steh am Fensder, schau naus.
Is Radjo duudld un meldmer
Zähfließndn Verkehr un Staus.
Hind heeri di Audobohn rauschn,
A Hubschrauber pfropferd un drächd
Zwaa Derhudzda in di Kopfglinigg nei.
Die wenni etz seecherd, werrerdsmer schlechd.

Zwaa Modoorroodfohrer sinn dodd
Ieber di Ieberhoolspur bredderd.
Ihr Woogmän haddsi volldrehnd,
Auf aamoll hadds scho gschebberd.
An Moddsdrumm Schlooch haddmer keerd,
Wie a Wildbooch drund in di Berch.
Im weidn Boong haddsis ieber di Beschung kaud,
Bremsn hemm gwiedschd. Gebläg un Gwerch.

Ihr Woogmän hadd weider gsunga,
Wos waaßn iech, wos des woor.
Etz dämmerns doohie auf der Indensief,
Nix zer wolln, ihr Weech sinn goor.
Draus scheina di Sternle so goldi,
Iech schau vom Fensder naus in di Nachd.
Goddseidank mussi nedd verreisn.
Is Fernsehbrogramm is heid widder a Brachd.

Herbsddooch

nooch Rilke

Mein Godd, etzerdla langds obber. Der Summer woor verreengd.
Auf di Ägger hemmsi scho di Misdbrieh gfohrn
Un auf di Wiesn lassns di Wind steing.

Schau fei, daß di Kerwa wos Gscheids werd
Gibb di Kimmerling nua boor sunnia Dooch
Mach di Äpfl safdi un nedd so saumäßi wormi
Un du derzu, daß der Gree aweng wos kosd.

Wer etz nu kann Bungalo hadd, brauchd an Bauspoorer.
Wer etzerdla allaans is, blabbds bisn Heilin Oomd.
Mer kann ja aufbleim, lesn, Leid schreim
Ieber di Ägger laafn, an di Weiher un widder redduur
Un ummernanderdabbn, wenn di Bammer oobläddern denna.

Is halberde Leem

nooch Hölderlin

Vo gelba Bern dudds heier ner so strotzn
un a Lasd Jagoobiäpfl hänga desmoll droo
der Raa leechdsi ganz schebbs nei in Weiher
sedda scheena Fischreiher, schauner noo
wissi dervoo flieng vorm Bauern seim Moddsdrumm Briegl
dassersi nedd derwischd, wenn si ihr Kepfle neidungn denna
ins Wasser, in Weiher, glänzerd wia Kinnerorsch.

Au weh, etz soochmerner, wu nämm na iech
wenns Winder werd, di Blumma her fiers Groob
un di Schoofmaili fiern Sunndoogsserlood
un in Schadd na middooch, wenn di Kinner kumma?
Di Wänd stenna na doddn in der Käldn
ka Word, nix Warms, un im Wind
heersd di gfroorna Aufwischlumbm glabbern.

Im November im Wald

Druggne Noodln, die di Sunna
leeng hadd lassn; roogfallne Oogl
ausgnosde Äsd, Reisischiebl
aufgschlichda Stämm mid Bechdalln
Meederscheider, gspaldn un auf an Hafdn.

Droom drehnd a Fliecher
dreem heerdmer di Audobohn summa
ergndwu pfropferd a Bulldogg
mer schmeggd in Diesl un in Schnee
di Beern sinn oogleerd, di Veegl fodd.

Der Wind is kumma, di Kupfm biengsi
di Seeng haaln, di Weeng gnatzn
under der schwern, zammgraddldn Fuhr
widdi Äsdle under di schwern Stiefl
widdi Endn under di Schleech vom Briegl
widdi Gedangn under di graua Dooch.

Adfend Adfend

Zerschd hadds drambld, hadd scho gerwerd
Di Schwamma is oogschwolln, di Strichn hemm gstarrd
Na is di Wasserbloosn rauskängd, driggd haddsi
Neiglangd hadder zu der Fruchdbloosn middi Fieß
Hadd in Strieg ookängd, zoong hemmer gscheid
Nacherdla is kumma, gfludschd hadds, a Rugger nu
Brieh un Bluud sinn gloffn, na woors doo
Schleimi un rood, gschnaufd hadds, an Zugger gmachd
Di Zunga woor na rauskängd, obber is Kepfla hadds koom

A Häferla Wasser hemmsn draufgschidd, dassis Leem na grichd
Finger sinna in di Nooserlecher naufgrumbld
Strohschiebl hemms ieber na driebergriem un gwischd
Di Strieg hemms voddi Fießle widder roozoong
Warm woors, gleichd hadds im Stall, a rooda Lambm
Hamms drieberkängd, digga Deggn drieberbradd
Di Viecher un di Leid hemm na widder a Ruh gfunna

Draußn woor a Grimmkäldn, Waddebaisch haddmer gschnaufd
Droom woor a ganzer Scherzer voller Stern
A kozzer Weech durch di Käldn, kalda Staa im Gäßla
Allmidnanner sinns hamm, ins Dungl, in di Wärm
Still un haalfroh.

Schauner hie, schau di doode Sau oo
nooch Ted Hughes

Dampfd haddi Sau in der Wanna un woor hie.
Gwoonga haddsi, hemms gsochd, wos drei Mannsbilder wienga.
Ihr Aang woorn zu, roosana, weißlia Wimbern droo.
Ihr Haggsn woorn kerzergrood in di Heh gstanna.

A sedds Gwichd, a sedder fedder wamberder Broggn
Neibreßd in ihrn Dood. Ausgschaud haddsi wi dreimoll hie.
Mehr nu, wenger wi gschlachd, weid wech vo jeebm Leem.
Ausgschaud hadds wirra Moddsdrumm Sagg voller Draad.

Draufkaud hobbi, walls woschd woor. Etz hobbermi draud.
Wemmer Dooda beleidinga dudd, wemmer ieber Greeber leffd
Fiehldmersi ergndwie schuldi. Obber die Sau doo
Hadd nedd so ausgschaud, als wärsmer im geringsdn nu bees.

Die woor bloß nu hie. Bloß nu a gwoongner Batzn
Aus Gnochn, Schwaddn, Fedd, Spegg un moochern Fleisch.
Ka Sau mehr. Bloß nu Stigger, Drimmer, Daaler.
Nämmer schee, hadd nämmer guud ausgschaud.

Leid doo hadds aan nämmer. Woor ja hie.
Hadd ihr ruhigs Leem kadd, ihrn Ranzn gfilld.
Wos rum is, is rum, wenns schee woor, wos willsdn mehra.
Am End na werd aufgschniedn, rauskolld, zerleechd.

Feerdn binni aufn Margd kumma, middn nei
Ins Gschrei, ins Gwerch voddi Leid, wissi grood
A glanns, glidschis Saila eifanga gwelld hemm.
Reggsi wirra Kätzla woors, gwiegsd hadds wia Sireena.

Sai hemm a haaß Bluud, si fiehln si oo wia Heerd.
Wenns di beißn, is schlimmer wi bei di Gall.
An richdin Halbmond beißnsder raus. Fressn
Dennsi jeedn Dreeg, Aschn aa, un dooda Kätzle.

Na is hald rum, wenn si an der Laddern hängd.
Dampfd haddsi nu noochn Brieha un noochn Oogratzn.
A Zeidlang hobbis nu oogschaud. Na hemmsis oogscheierd
Wia Stieng, wia Staffl, wi an schmierin Bierdiesch.

Ieberdroochung

Wi der Bungd bletzli vom Radoorscherm verschwundn is –
nacherdla Bilder voddi Drimmer, aufgleesda Gsichder
vom Schlooch droffm, roodgriena – mein Godd naa
in aana Duur die Froong – worrum un wieso.

Nacherdla schellds, a Ooruf vo derhamm – Greina
in der Leidung, vor lauder Haaln heerdmer kaum
in Hergang: a Lingskurvm, nacherdla geecher an Bamm
Umgoddswilln – in di Drimmer, des Radjo
des hadd nu gspilld. Auf der Stell dood hald.

Ball drauf nacherdla schaui mid aufgrissna Aang
auf an Straafn, an helln Bungd am oobrochna
Himml – a glanner Fliecher zwischer di Stern.
Iech steh un schau un du wingn, wi bstußd
nooch Sendeschluß, in dera Nachd
aus Haaln un Zähglabbern.

VI Ach Frankn

A fränkisch Gwidder

der Wind dudd rindern
di dungln Wolgn rumsn
di Bammer wern rawellisch
ball reengds Bloosn wi bleed

na kummds bechschwazz hindn
na blitzds, dudd an Drumm Schlooch
na dudds schiedn, na schlächds ei
na hasd di Scheißn

Bsuuch

Eigloodn bei der aldn Fraa
zu Kaffee un an Stiggla Kuung.
Di Schalln stehd scho doddn,
in Zugger mussi erschd nu suhng.

An der Wänd diggd der Rechulaador,
is Dischduuch hadd brauna Fleggn.
Gerbda Gsichder, blassa Aang,
di wu underm Gloos in di Rohma steggn.

Dableddn leeng rum, a Dermomeeder,
Broschbeggde, gladdgstrichna Blasdiggbeidl.
A Kamm, wu a Lasd Zäh scho felln,
grood gnuuch nu fier an gscheidn Scheidl.

Mid hella, glanna Gnopfaang
schaudsmi oo un sächd: „Allmächd!
Laufnd verlieri wos, verleechi Woor.
Dabbei siechi doch aa so schlechd!"

Si weisdmer alda Bosdkaddn un Bilder,
si zeichdmer a Woosn,
si häldmer in Arm fesd –
un miech driggd mei Bloosn.

Di Uhr schlächd in di Ruh nei
is Lied auf ihre aldn Dooch.
Aa Stiggla, na nua Stiggla Kuung
mussi neischroodn, aa wenn is nedd mooch.

Allmähli driggdmi mei Bloosn ärcher
underm Diesch waggli scho mid mei Baa
iech bumb mid mei Gnie rauf un runder
un hoff, sie mergds nedd, di ald Fraa.

Allmächd naa, mir werds immer wärmer
mei Händ sinn ganz schwaaßi un feichd
siedhaaß läffdmer mei Bern oo
dassi wia feierrooda Domoodn leichd.

Du liebe Zeid, mir blatzd di Bloosn!
„Iech muß!“ ismers ausn Maul na gfohrn.
Nix wi naus, iebern Hof, un nei ins Haisla –
leichd woorsmer, gfiehld hobbermi wi neigeborn.

Bloß daßdersd waßd

nooch W. C. Williams

Iech hobb fei
denn Keeskuung
oogessn aufm Blech
drauß in der Speis

denn wusd
fiern Sunndooch
baggn un aufkoom
kadd hasd

Seimer nedd bees obber
der woor so saumäßi
guud nu warm so äsi
so safdi so waach

Moddsstimmung

Eigloodn
zu so annera Scheiß Geboddsdoogsbaddi
Bidscherdnaß
binni scho allaans vom Gschengkaafn
Von Dunnerholl
etz langds nedd amoll mehr fier di Noochrichdn
Glumb verreggds
etz reengd di Scheißn scho widder
Saggramender
bissi nookumm, binni saachnaß durcherdurch
Machawedd
mei Gschenk hadder scho odder grichder heid
Des soocherder
na kennersmi obber am Orsch leggn
Allmidnanner

Lauder guuda Roodschleech

Sein Deller mußmer leeressn
Mer derfsi nedd so umgeem, nedd so oostelln
Mer mussi wos soong lassn
Mer muß aaramoll wos groodn kenna

Fleißi sei mußmer, korsam un broov
Folng mußmer, spurn, wissn, wossi kerd
Auf a Reed un in di Kerng mußmer geh
A Oddnung mußmer haldn, ooständi bleim

Uukooblda, schooflia Leid mußmer meidn
Zuhorng mußmer, sein Daal derfmersi dengn
Wissn mußmer wos, kenna sollmer wos
Obber nedd oogeem, nix ausi machn

Sei Erwerd mußmersi eidaaln, di Woor schoona
Alles ausweerdn, nix umkumma lassn
Aufbassn, daßmersi kann Dreef nedd holld
Wennsd dein Heefl hasd, des kaffder ka Jud mehr oo

Nä nedd di Zeid verlaggln un is Geld verbeebln
Bloß si ka Ginggerlitzn ins Hiern neisetzn
Dichdi erwern, nix zu Schuldn kumma lassn
Gscheid spoorn un neilaana un drauf aus sei

Is Leem will erschd amoll glebbd sei

Leemslauf

Bier hobbi gsuffn, bissi bleed worn bin.
Alles hemmsmer aus der Noosn zoong, bis nix mehr droom woor.
Di Ohrwaschln hemmsmer wechgschniedn.
Di Leffl hemmsmer langzoong, in Kopf roogrissn.

Der Storch is kumma, der Belzermerdl, is Grisdkindla.
Der Oosderhoos haddmi hinderm Reisi kadd.
Di Scheernschleifer hemmi nei eigladd.
Di Oofanger, di Zicheiner hemmi glei miedgnumma.

Iech hobb fier a Fimpferla Dreff kolld in der Abbodeegn.
Hobb is Broodworschdmooß kolld bein Schlachdn.
Der schwazz Moo haddmi am Groong baggd
Der Nachdgeeger haddmi am Wiggl kadd.

Iech woor der Abriloggs, hobb ieberoll hieglotzd.
Midn Bloosorsch vo Ferd, midn Dood vo Forchheim
Midn Schelln Siemer vo Schaafld
Binni auf di Kaddlschull ganga auf Weinzierlein.

Doo braugsdi wunnern!

Di Kinner kern gscheid erzoong

sedda Bälch
sedda Kinner wennsd hasd
braugsd nämmer soong: Godd, stroof mi!

sedda Fregger
die gwiegsn un gilfn un greina
un werng un denna mid Händer Fieß

sedda Gribbl
blägn, walls wos meeng odder nedd meeng
A sedds doo odder a sollgs? froochd ihr Mudder

sedda Bassniegl
etzerd kummd der Vadder un langd glei noo
etzerd is a Ruh, iech hobbs ja gwißd

sedda Saibangerdn
die braung bloß ihr Salzer, obber gscheid
nacherd is a Ruh, so lassermers eigeh

Na hobbi, na hadder, na hemmsi

na hobbi, na hadder, na hemmsi
na isser witzblitz, heersd, doo gweesn
kummder rei, nä, sochder, soochi
horch, na sochder, nä, die welln doch
hadder gsochd, horch amoll, wosserder etz sooch
kummder, nä, sächder, hadder gsochd
die welln doch nix, die welln doch bloß
sächder, heersd, hadder gsochd, wirrer reikummd
die welln doch nix annersch, heersd
sächder, nix annersch, hadder gsochd
odder hemm denn die, sooch hald selber
hadder gsochd, nä, horch amoll, baß auf
hemm denn die, ja wos hemm denn die
sächder, hemm denn die aa scho amoll
hadder gsochd, hemm denn die wos annersch gwelld
sächder, wi uns allmidnanner, heersd
hadder gsochd, hemm denn die scho moll wos annersch
sächder, nedd wos schwazz undern Noogl is
odder hemm denn die, sochder, hadder gsochd
scho moll wos annersch gwelld, heersd
hadder gsochd, reed odder scheiß Buchstoom

Stoodsanwald jeednfalls

wall, er hadd kann, wimmer so sächd, guudn
obwolls ja kaaßn hadd, dasser wos kabbd un
obber er hadd ieberhabds nedd so mid annera
also so wia Normooler hald aa dudd un redd
des hadder nedd, hadder ieberhabds nedd kennd
hadd bloß gsochd, mer misserd, mer kennerd ja
obber er hadd ieberhabds ka Händ, kan Moong
fier sowos, obwoll dergeeng woorer ja aa nedd
iech maan, gsochd is nix wonn, wos glabsdn
wall wennsd doo, do kummsd bloß dreggi noo
des hadd ja a jeeds gsehng, wu mid na zer doo
wemmer nedd grood, wi der Dings droom, Hafdn
gehd mi nix oo, ismer aa woschd, wall a jeeds
wall, des mußmer soong, fleißi un oostä ndi
Doochernachd, doo hadds kann Radi geem, wos
haddsn na etz brachd, sooch amoll, an Dreeg
am Steggn un annerna oofliggn, kerdsi sowos
so gaschdi, obwoll mern nix doo hemm, wosn na
des haddersi selber, wall vo uns hadder nix
des derfsdmer glaam, mein lieber Spitz, des
wer waaß, obsn nedd aa, obber nedd ieberhabds
wall di Leid sinn sowos vo schlechd, guud is
daßmer, iech will ja nix gsochd hoom, waßd
wall, obwoll er ieberhabds nedd so mid annera
obwolls kaaßn hadd, er hädd scho wos kaddn
obwoll er ja kann, wimmer so sächd, arch guudn
nu derzu fier an Stoodsanwald, na also sowos
iech waaß nedd, also, iech hobb nix gsochd

Mir misserdns allmidnanner

nooch e. e. cummings

wos waßdn du
an HUNDSFOTZN
waßd du

a Scheißerla
verstehsd
HEER auf

wos waßdn du
dir is doch ins
HIERN neigschissn

HORCH amoll HEERSD

des ganz
Gschwaddl doo
Assilandn
Booln
Dirgn iebernanner

HASD KEERD

hemm
denn die
aara KULLDUÄ
sooch amoll

an Scheißdreeg
hemmsi
daßders waßd

di derferdn erschd amoll allmidnanner HEERSD
an richdin gscheidn Schliff greeng
VERSTESSD

di reedn allmidnanner nu soa Ausländisch
denna derferdmer erschd amoll nu
unner SPROOCH beibringa

Ach Frankn

Ach Frankn, alda Schachdl
gisdmer Wärm, läßdmer mei Ruh.
Obber hinnerwidder mussi fodd
un muß fremdgeh, ergndwu.

Ach Frankn, alds Haus
setzdmer zu, nimmsdmi auf, immer widder.
Obber innermoll haldis doo nedd aus
un iech noddl an meim Gidder.

Ach Frankn, alder Huud
häldsdmi warm, läßdmi kald
dusdmer guud, gehsdmer am Geisd
steigsdmer am Fragg – obber zärdli hald.

Großraum

Wenner maand, Erlang is wos Bessers –
doo habder eich fei brennd!
Aa wenn si vor Gscheidichkeid blatzn
un an jeedn Baa a Bieglfaldn glemmd.

Maander woll, Ferd
is a schennera Stadd
wummer all Dried bloß
sei Freid droo hadd?

Odder maander, Nämberch is wos Gressers
kopfstaagrau un baggstaarood
wussi wunner wos auf di Baa stelln lasserd
middi Leid, verständi un auf Drohd?

Broodwerschd un Waschbedong
Alu-Diern, Gewerbegebied, alles beleichd
selbsd in di biggobello Konnifeerngärdn
fälld aan Frankn nedd leichd.

Ach, am End na gehdmers erschd aus:
aara Großraum is bloß a glanna Weld.
Aa wennsis wunner weid aufreißn, ihr Maul
is aanziche, wunna raushängd, is Geld.

Dechdlmechdl

Gsengda Bligg zwischer di Flaschn.
Mer lachdsi aans; zwaa, dreia.
Noochn Film läßdsersi vernaschn
Un waaß, morng werdsis bereia.

Halbherzi alles. Sie gibbdsi um
Schreid. Des is der Gipfl.
Sie dreim ausernanner, pfaldn stumm
Vom Gligg wenigsdns an Zipfl.

VII Weid wech

Daals-daals

nooch Gottfried Benn

Derhamm in meim Eldernhaus hängd a Hersch in Rohma
is Greiz, Schullbilder un Kalenner an der Wänd.
Doo is ka Beedhoofm korchd wonn, gschweings gspilld.
Glanna Verhäldnisse, nedd foddgfohrn, ka Deooder
Bossaunakoor, Bauernkalenner, Sunndoogsbleedla
vo der Zeidung erschd amoll di Doodesoozeing gleesn
un woss ieberoll ginsdi gidd un billi
sunsd Losunga, Ondachdsbiegle
fier Neinzerhunnerdselbigsmool
sunsd nix, des woors, nix Gressers.

Des is alles rum etz
graua Herzn, graua Hoor
in Gaddn bargn heid Drimmer Audo
di Greeber wern glebberd un bsuuchd
aamoll im Johr, wissis hald kerd
lauder glanna Leid, glanna Leem
di Kinner dengn innermoll nu an si
innermoll dudds na aa nu annd dernooch
daals-daals hald
bissi widder weider missn, foddgenna
bis rum is, aus un vorbei.

Heid nachd in der Stadd drinna
in an Kaffee, draußn hoggn, Stern am Himml
an di Diesch reedns vo Stränd un von an Daadoddgrimmi
babbern von an Meer, vo Hodels, vergleing Breise
di Maadle schaua, fohrn middi Finger in ihrm Hoor rum
wenn si kennerdn, wissi meecherdn, däädn si schreia.

So vill Froong, Erinnerunga in aana Summernachd
droodengn, nooschreim, domools, Schwazzbeern un Pfiffer.
Derhamm in meim Eldernhaus woor a Hersch un a Greiz kängd
etz is staabi, alles oogstanna, ausblachd odder foddgschmaßd
daals-daals des Ganze hald
nix Gressers
Schwamm drieber
der Kees is gessn
wos rum is, is rum.

Neia Reifn drauf

nooch Bertolt Brecht

Iech hogg auf der Staffl am Oostraafer doddn.
Mei Vadder dudd di Winderreifn nooschraum.
Wui herkumm, moochi nedd grood noo.
Wui hie will, moochi aa nedd grood noo.
Is Gscheidsde wär, iech langerd mied noo
Un dääd helf derzu bein Schraum. Obber
So hoggi bloß doo un hald mei Goschn
Un schau un waaß nedd, wossi meecherd.
Sixd, etz sinn di Reifn aa scho droo.
Mei Vadder wingd, iech fohr dervoo.

Siecher

Wenn mei Vadder
vom Griech derzälld hadd
isser goor nedd
vorkumma.

Wi mei Vadder mid seiner Fausd
zur Bloosmusigg aufn Kalenner kaud hadd
hobbi an die dengn missn, die wussi
nausdriem, eigsparrd un hiegmachd hemm.

Kummer bloß nedd mid denna doo
hadd mei Vadder gsochd
mid denna kannsdmer gstolln bleim!
Die sinn stifdn ganga, wiss drauf ookumma is!

Wer woorn na in Griech
un hadd miedmachn missn?
Wer nedd miedgmachd hadd
is wechgschaffd wonn.

Mir hemm uns an denna aufgrichd
die wu nedd miedgmachd hemm
die wu uns wos gsochd hemm
die wu wos gstifd hemm.

So hadd mei Vadder sein Griech
glei zwaamoll verlorn.
Iech hobb na gfunna.
Iech hobb na gwunna.

Vorgschichd

na woor der Griech goor
nedd lang drauf na sinn di Männer kumma
un di Maadle hemm glänzd widdi Speggschwaddn
un sinn rumgschossn, hemmsi eikängd
glachd hemmsi, die wu iebri woorn
un haal bliem sinn noochn Griech

Kiddl un Hemmerder vom Barrers hemmsi ookadd
di Wehrmachdstiefl woorn schee warm im Wald
auf di Flichdling hemms gschend, hemmsi
faul un dreggi un kaddoolisch kaaßn
hemm Feldbosd un Babbiere verschierd
hemm Foddos un Adressn zerrissn

Bulldogg un Maschina un Streizeich
sinn oogschaffd wonn, Kieh un Kinner
Gredidde hadds geem un Genehmichunga
Rendn un Grangnkassa un Stemblgeld
Ställ un Scheiern sinn baud wonn
un auf aamoll aanu middn nei di Mauer

un in selln Johr na
Sunndoochmiddooch, am erschdn Adfend
di Glees haddmer gschmeggd im Haus
do bin na iech nu kumma
mid blaua Aang, Bruderherz
iech kannder vo Gligg reedn

Mir dergeeng

Wos hammdn mir scho derlebbd?
Nix Schlimms hamm mir doch
nu goor nunni derlebbd.

Zu achd in aan glanna Stiebla kausd
ka Doggder, ka Kassa, ka Bennezillien
aa Stund barfießi in di Schull maschierd

a Lehrer nu vom aldn Schlooch
hadd na Heimoodkunde midn Rohrstogg
eibleid, bissis gfressn kadd hemm

dernooch Briegl vom Masder
Drimmer Schelln und zehr Stund gerwerd
bis na Godd sei Dank der Griech kumma is

eizoong wonn, foddkumma, naus in di Lecher
Gfangaschafd, Hungerjohr un schlechda Zeidn
hammkumma mid a boor Fetzn auf der Gribbm.

Dervoo hemm mir ieberhabds ka Ohnung.
Zabblerd un hungeri
hoggmer in unnera einga bundn komblizierdn

Weld, wissn alles
ieber Godd un di Weld
obber hamm ka Ohnung

reedn saugscheid doher
obber stenna wi der Oggs
vorm Berch aus lauder Scherm

Froong un Sehnsichd.
Im foddgschriddna Stoodium
zwischer Brogramm, Baublän

un Broschbeggde mergmer
allmähli mid Erschreggn
wie wohr, wie dreffnd

ihr aldn Sprich immer
nu sinn, wie wagglerd
wie verloong

unner einga Werder
unner eings Leem.

So woors, so is

Wui glaa woor, nua Buu
doo hadd mei Vadder am Hehrstall immer
di glanna doodn Suggerle vergroom

mei Bruder un iech hemms gsehng
un nooch a boor Dooch
simmer noo un hemm rumgroom

un nacherd hemmers gfunna
un Wermer un Viecher sinn droo rumgrebbld
un gstungn hadds, daßmer derschroggn sinn

dernooch binni innermoll in der Nachd
aufgwachd un hobb droodengn missn un
hobb griena – obber leis, daß kanns keerd hadd

so hobbis erschd ausganga
wies is
un sei werd

Di erschde wichdi Woor

Richdi feierli woors.
Hoocha hella Kerzn hemm gflaggerd
is Gsichd oogleichd, a gelber Staa.
Alla woorn rumgstanna, hemm gwadd.
Duschld is wonn, di Händ geem
a Sprichla gsochd, gniggd, gwischd, gschaud.

Mei scheena, neia, dungla Hoosn
woor nu kald un steif, der Groong
haddmi zwiggd vo meim Sunndoogsjäggla.
Wurri nedder noogeh hobb welln
haddmi aans kaldn vo hind:
„Nedd, bleib doo, des kerdsi nedd!“

Na sinn di Nachbern kumma
heid hemmsi „Drächer“ kaaßn
alla finsder zammgstelld un ernsd
hemm di Haum, in Deggl
drieber, in Stoff middi Finger
neidriggd, zurechdgruggd
is Ganze, di glänzerdn Schraum
neidrehd, di Oofaß baggd
glabberd un gwiedschd hemmsi
kanner hadd glachd. Späder na
di Brolln, di Blumma, bumberd
hadds, wussi gland sinn
aufm Greiz, aufm Deggl
aufm glänzerdn Holz
aufm Bugedd, gligg-guud nu
lauder scheena, neia Woor.

Endli hemm di grooßn Leid
mid ihr Drimmer Kepf
ihr fesdn Gsichder
aaramoll griena
un nedd bloß immer
iech, Rotz un Wasser.

In der Kerng woors kiehl un hohl
wie in an leern Silo
di Bänk kald, aa di Fieß.
Fesd gsunga is wonn
daßmer di Orgl nedd so keerd hadd.

Dernooch hind am Kerchhof hobbin groom sehng
middi Stiefl stampfm, schnaufm
lachn, wirrer is Fläschla koom hadd
di Ziggereddn, di Schaufl.

Im Werdshaus hemms na scho widder
gredd un gessn un oogstooßn.
A Fraa hadd gredd vom Gree-Eischloong.
Aufgratzd woornsi, zammgruggd sennsi.
Woschdbladdn hemms reidroong, Weischorle.
Glachd, daß scho nämmer feierli woor.
A Lasd Strich un Greizle auf di Deggl.

Iech hobb nix oogriehrd dervoo.
Mid meim Kusseng binni ninder di Schipf.
Lang hobbermi gferchd
vorm näggsdn Leichdrunk
vorm näggsdn Leingschmaus
vorm näggsdn Moll hinder der Schipf.

Summerdooch

Di Sunna hadd gschiena, un barfießi binni gloffn
Der Dooch woor hell un weid, simmerisch un haaß
Im Milchhoofn is a Drumm Schmaaßmuggn rumgschwumma
Draus auf der Wiesn hemmer Raale gmachd und grechnd
Mir hemm Hei gfohrn, bis der Häggsler gfreggd is
Bein Rotzn isder lauder Dreeg in Diegla gweesn
Am Hohna haddmersi is Wasser iebern Kopf laafn lassn
Oxeraang eigschloong un an Kopfserlood oogmachd
Ummern schwitzerdn Deez vo der Oma sinn di Breema gsummd
Lauder glanna Miggle, lauder glanns Gschmaaß
A Bullnhitz woorder, di Droggnung hadd bloosn
Saachoomersn sinn gloffn, un di Schwalm sinn gfloong
Ieber di Draadägger sinn a boor Wolgn gstanna wi Schäfle
Biena ieber di Brennessln, Fliecher hemm in Himml daald
Auf di Ägger sinn Brolln un Schrolln gwaggsn
Heihupfer sinn kupfd, wemmersi ins Groos gleechd hadd
Staddworschd is in Domoodnserlood neigschniedn
A Bressagbixn aufgmachd, a Laab Brood oogschniedn wonn

Des woor der Dooch, wus bassierd is
Wu dernooch nix mehr woor wi dervoor

Weid wech, nohd doo

Aufm Mobbed nauf un nieber
grehrd un gstauchd hadds, des woor schee.
Neia Woor in Hefdle un Lieder
zu aana Selberdrehdn un Kerschbliehdndee.

Alles heimli, kanner hadd wos wissn derfm.
Dabbag, Barieser, haaßa Foddos, Zeich glaud.
Heerle grichd, nooch na midder Luubm gsuuchd.
Is aane runderkolld, is anner aufn Kopf kaud.

Zwischer Buuchdeggl is a einga Weld
uns gwaggsn; auf Madratzn aa, wennerder sooch.
A Lichd is erschd im Dungln aufganga, bigglhadd
a Händbraadn neeberm Daumschlooch.

Underm Dach hadd a annera Mussigg gspilld.
Ka Blech ausm Gsangbuuch, ka Bloosmusiggedudl.
„Neids in Weid Säddin“, „Hongki Donk Wummän“
„Läidi in Blägg“. Auf Danz ganga, im Rudl.

Weid versprengd vo der Weld voddi Eldern
simmer erschd amoll ganz wuannerschd gland
als wussi gwelld un wummer selber gwelld hemm.
Etz erschd kummer allmähli mid na widder zu Rand.

In der Frieh auf un dervoo

nooch Goethe

Mei Herz hadd bumberd, wi der Blitz
Binni aufs Mobbed un fodd mid Karacho.
In di Wälder woor nu di Nachd gleeng
Obber es hadd scho dämmerd drundn im Grund;
In Neebl woor is Dransfermooderhaisla gstanna
Un in Nachbern sei Miesdbraader derneem;
Katzn sinn gloffn, di Zeidung hemms ausdroong
Un an Himml hemm hunnerd Sternle gleichd.

Der Mond hadd gschaud wia rahmier Schepfer
Hinder di Wolgn, di zoong sinn wi di Heiballn;
A gscheider daamischer Wind is der ganga
Daß pfiffn un kaald hadd under meim Helm;
Di Nachd hadd dausnd Strasserpfosdn brachd
Gruusli glänzd hemms, daß mi kuscherd hadd;
Im meim Kopf woor nu a gscheida Hitzn
Mei Herz hadd bumberd un brennd wi laaferds Waggs.

Iech hobb di widder vor mer steh sehng
Wia Achhernla hobbermi gfreid un zerlusdierd;
Ganzergoor binni an deiner Seidn gweesn
Jeeder Schnaufer, jeeder Zugger woor ganz fier diech;
Wia Reesla, wia Heesla, so linni, so greemi
Grood so woor heid nachd dei ganz Gsichd;
Zammgleeng woormer, warm un zabblerd
Koffd hemmer, driggd un gschnaufd un drungn.

Un nacherd in der Frieh Addee gsochd un ganga
Di Leid sinn grood fodd auf di Doochschichd zum Bus;
Schee gschmeggd hadd dei Kuß, waach wi der Glee;
Gschaud hammer, grinsd un vo weid wech nu gwungn;
Is Mobbed hobbi foddgschoom un na oogschmissn
In Helm drieber geechern Wind un geecher di Nässn.
Es is scho schee, wemmer mid an Maadla geh dudd
Bloß is Mobbed hadd sei Muggn, wenns a Nachd lang stehd.

Scho immer, scho wirri ganz glaa woor

Wu di Spootzn in Hehrstall drin woorn
hemmer di Dier un in Schuber zugmachd
hemm am Booch gschwind Weidnruudn kolld
un sinn na nei un hemms beitschd un bleschd
bissi am Boodn gleeng senn, nu a bißla zabbld hemm
bissi warm in unnera Händ gleeng senn
na hemmersi der Katz geem, des haddera gschmeggd.

Innermoll obber aa hemmer
a Schnierla mid aanera Schlaufn unnan Staa
an an Bamm noobundn
in Spootz sei Kepfla neigsteggd
un in Staa na falln lassn
sei Schneeberla hadder aufgrissn
obber nämmer lang, na woorer hie.

Midn Lufdgwehr auf Stoorn schießn
des woor aa schee. Wi di Federn
gfloong sinn, wennsis vom Bamm gschmaßd hadd!
Bei di Fresch woorn di Dermer draußn
wemmer si gscheid derwischd kadd hadd.
Di Mais hemmer händwarm in der Hooserdaschn hamm
daß di Katzn nu mid na spilln hemm kenna.

Scho immer, scho wirri ganz glaa woor
hobbi an Lehrer machn welln.

Aaschgrund, Aaschgrund

Fei nix Beriehmds, nedd dassi wißd
Nix Weldbeweengdes, ka grooßa Wirf
Au wuher! Nix Gnaus, nedd berauschnd
A gmiedlia Eggn, a rechder Winggl

Fraali, der Aaschgrund, schee oozuschaua
Is Leem dodd zwaasteggi, zweggerd un zwiewiggsi
Di Leid grindli un dichdi un groodlini
Kollesderienlasdi un zendroolverriegld

Iebribleibi, Hausmacher, Selbsdbinder
Eigschwaaßda Gfiehle, mid Schonbeziech
Alles gehd auf a Kuhhaud
Alles baßd nei in neia Kaddalooch

Di Aldn vor der Kisdn
Di Kinner ausm Staab
Is Dorf in Booch noo
Is masde Greed is bloß a Gwaaf

Di Aasch, mei Gedangnstrom: a Grampfoodern
Di rosdin Eiserbohschiena: a brauna Wirblsaaln
Fraali, dumm un dabberd kennerdmersi essn
Oohaua mid Karpfm un Kiegle un Kaschdn

Aaschgrund, Aaschgrund, ieber alles
Ieber di Mooßn un iebern griena Glee
Aaschgrund, Aaschgrund, under anderm
Er gidder fasd alles odder er gidder in Resd

Aaschgrund, Aaschgrund, fudderaaschigree
Pflasdergrau, pfitznblau un pfennibraun
Mei Dunglkammer, mei Schwitzkasdn, mei Aufhänger
Iech bin na gwaggsn

Aaschgrund, Aaschgrund, a Land im Fluß
A Fluß im Grund, a Grund im Land
Iech land im Grund, iech grood
In Fluß, iech fuß im Land

Di Leid sinn aus an haddn Stamm gschnitzd
Mid Kandn un Gnotzn un Gnobbern
Aus dem Holz binni, des sichdmer gleich
Auf a haddz Holz kerd a grober Kaal

Di Gscheidichkeid hemms nedd midn Leffl gfressn
Di Gmiedlichkeid nedd midn Mooßgruuch drungn
Neebl, Niederschleech, neidischa Nachbern
Wenn nedd gerwerd werd, schauers nei in di Spoorbiegle

A Diefauslaifer, a Kaldfrond in der Herzgeengd
Graua Fleggn, graua Wesdn, Holzweech Heimood
A jeder fraali hadd sein Aaschgrund, sein Auchapfl
Sein Sauerdaach, sei Leibspeis, sein Spreißl im Herz

Des Land kummdmer hooch, gehdmer nooch
Läßdmi nedd loos, rutschdmer in Buggl noo
Lichdmer auf der Zunga, am Herzn, im Moong
Gehdmer ieber in Fleisch un Bluud

Nix Beriehmds, au wuher, wennersder sooch
Alles halb so wild
Nedd die Weld, nedd is Wohre
Schee oozuschaua, einichermooßn bayernanner

Mer muß ja nedd bleim

Zuuchveegl

Is Dorf woor mei Neesd
Di Schull haddmer Fliegl geem
Bin in fremda Länder gweesd
Di Stadd derhäld mi am Leem

Däädi nu im Neesd leem
Dääds mi als an ganz annern geem
Hädd waacha Federn oo
Bloß ohna Fliegl droo

Nachwort
von Fitzgerald Kusz

I. Ach Frankn

Mit Helmut Haberkamm hat ein neuer Autor die fränkische Literaturszene betreten, eine große Begabung, die aufhorchen läßt. „Frankn lichd nedd am Meer“, damit ist eigentlich schon alles gesagt. Der Titel seines Erstlings ist zugleich Programm, trifft den Nagel auf den Kopf, bringt Frankens Manko, unter dem wir alle zu leiden haben, auf den Punkt. Franken definiert sich durch einen Mangel. Was ist schon ein Aischgründer Karpfenweiher gegen das Meer?

Für Ingeborg Bachmann, die Shakespeares falsche Regieanweisung „Böhmen liegt am Meer“ in ihrem vielzitierten Poem aufgegriffen hat, stand fest: „Liegt Böhmen noch am Meer, glaub ich den Meeren wieder.“ Aber Franken ist nicht Böhmen: „Frankn lichd nedd am Meer.“ Nicht auszuhalten, wenn es anders wäre. Und weil Franken nicht am Meer liegt, muß sich der Franke aufmachen und es suchen. Manchmal findet er es auch – in der Poesie.

Helmut Haberkamm ist so einer, der sich davongemacht hat. In Dachsbach, einem Dorf im Aischgrund, als Bauernbub aufgewachsen, blieb ihm nichts anderes übrig, als „hinaus in die Welt“ zu ziehen. Er besuchte das Gymnasium in Neustadt an der Aisch. Mit der Entfernung von seinem Heimatdorf kam die Distanz, die fürs Schreiben nötige Grundvoraussetzung. „Eine Welt im Kopf“ baute sich auf, mit der er die „Welt um sich herum“ zu begreifen lernte. Die Entfernung wuchs. Er studierte Anglistik und Germanistik in Erlangen und in Swansea (Wales), der Stadt seines damaligen Lieblingspoeten Dylan Thomas – endlich am Meer angekommen, nach dem er sich gesehnt hatte.

Um Franken finden zu können, muß man erst einmal aus Franken raus. Merkwürdige Parallelen zu meiner eigenen Lebensgeschichte tun sich auf: Auch ich bin auf dem Dorf aufgewachsen, studierte Anglistik und Germanistik und lebte ein Jahr in England. In der Entfernung wuchs die Sehnsucht nach Franken. Die Distanz führte zur Nähe. Ein Jahr ohne Dialekt! Da merkte ich erst, wie sehr mir die fränkische Mundart fehlte. Ich kann mir vorstellen, daß Haberkamm eine ähnliche Erfahrung gemacht hat, die schließlich zur „langsamen Heimkehr“ (Peter Handke), zum Dialekt führte: „Frankn lichd nedd am

Meer. Obber des baßd scho. Es werd scho." Beinahe resignierend ist Haberkamms Fazit, aber in der Resignation glimmt auch Hoffnung auf.

II. Fliegl

Franconica und kein Ende. In den Buchhandlungen quellen die Regale mit Frankenbüchern über. Jeder Ort, der etwas auf sich hält, schmückt sich mit dem Opus seines Heimatdichters, oft genug werden diese Elaborate im Selbstverlag herausgegeben. Während vor Jahren die Mundartdichter noch bieder reimten, wurde dann Mundart im Originalton geboten, wurden aufgeschnappte Zitate notiert, bar jeder Form. Mit ernstzunehmender Literatur hatte das nicht im geringsten zu tun. Es war billigste Unterhaltung, die auf schenkelklatschendes Einverständnis zielte.

Haberkamms Gedichtband kommt gerade zur rechten Zeit. Poesie tut not. Sie steht immer im Widerspruch zu den bestehenden Verhältnissen, bestätigt sie nicht mit einem „Su is halt!"

Die neuere Mundartliteraturbewegung setzte primär bei der Sprache selbst an, um dieses Medium erst einmal wieder in den Griff zu bekommen und den „Heimatreimern" zu entreißen. Für Haberkamm stellt sich dieses Problem nicht mehr. Er ist ein Erzähler, er benutzt seinen schönen Aischgründer Dialekt ganz einfach und erzählt uns Geschichten aus dem Dorf, die rettungslos verlorengehen würden, wenn er nicht wäre. Ein Poet als Dorfchronist, als Spurensucher, der die Spuren, die von der Vergangenheit in die Gegenwart führen, sucht und sammelt. Haberkamm arbeitet seine Kindheit auf. Dabei kommt aber keine verklärende Nostalgie auf, sondern eine ungeschminkte Sicht der Wirklichkeit zeigt sich. Das Schöne steht nahtlos neben dem Brutalen, so beispielsweise in „Summerdooch" oder „Scho immer, scho wirri ganz glaa woor". Der Beschäftigung mit dem Faschismus auf dem flachen Land kommt ein großer Stellenwert zu. In der Form des Gedichts wird die Trauerarbeit nachgeholt, die nie geleistet wurde: „Under di Grillblätz moodern / Di doodn zwanzgjährin Soldoodn".

Haberkamm klammert den Tod nicht aus. Er ist als Bauernsohn mit ihm aufgewachsen. Auch nach dem Tode wird der Mensch auf dem Dorf noch taxiert: „Hadd a scheena Leichd kaddn / A Lasd Gränz un Leid hadds geem." Eine zynische Welt, die aber in ihrer Unbarmherzigkeit viel ehrlicher – und damit auch menschlicher und wärmer – ist als die Heuchelei unserer „schönen neuen Designer-Welt", in der der Tod nicht vorkommen darf.

Immer wieder stehen neben Erzählgedichten, die einen ganzen Dorfkosmos entstehen lassen, Bearbeitungen von Benn-, Brecht-, Goethe-, Hölderlin-, Hughes- oder gar Williams-Gedichten. Haberkamm greift bewußt auf sie zurück, versetzt die Gedichte in den Aischgrund und nutzt deren Distanz zu Franken. So bekommen sie die Funktion eines Brecht'schen Verfremdungseffektes, der keine falsche Nähe aufkommen läßt.

In der Benn-Umdichtung „Daals-daals" heißt es: „Bosaunakoor, Bauernkalenner, Sundoogsbleedla." Das ist die Kultur, die Haberkamm vorfindet. Kein Wunder, daß die Poesie ihm dabei hilft, sich „wegzuträumen". Dies scheint von Jean Paul bis heute der Grundzug der fränkischen Literatur zu sein!

„Ach Frankn, alda Schachdl
gisdmer Wärm, läßdmer mei Ruh.
Obber hinnerwidder mussi fodd
und muß fremdgeh, ergndwu."

Die Beziehung des Autors zu Franken ist nicht frei von Ambivalenz. Zu- und Abneigung stehen miteinander im Widerstreit, Sehnsucht nach Franken und Fernweh. Der Ton wird elegisch: Die fränkische Heimat hat den „Blues". Überhaupt: das ganze Gerede über die Heimat. Je mehr sie verschwindet, desto mehr trauern wir ihr nach. Gedichte sind wie Einmachgläser, in denen sie konserviert wird. Und jedes Gedicht ist ein Abschied, der immer mehr hinausgezögert wird, bis sie endlich „hie is". Heimat, ade!

Haberkamm ist kein lyrischer „Naturbursche", sondern ein „poeta doctus". 1991 hat er über die englische Gegenwartslyrik promoviert. Ein Kapitel seiner Dissertation widmete er auch seinem irischen Vorbild Seamus Heaney, für den Lyrik „digging" bedeutet: Graben im Vergangenen. Mundartliteratur ist Literatur wie jede andere auch. Man darf sie nicht Dilettanten und dichtenden Amateuren überlassen. Sie verlangt die genaue Kenntnis der „Weltsprache der Poesie". Erst dann bekommen die Gedichte „Fliegl", mit deren Hilfe man sich über das fränkische „Neesd" erheben kann.

Kleines Glossar

10	Wercher	umtriebige, arbeitsame Menschen
	duggserd	verschlossen, verschlagen
13	Dreef	Verletzung
	närsch	närrisch, komisch
16	stiechnachd	stockdunkle Nacht
	Hoobern un Hehna	Hafer und Hühner, Abgaben
17	Gribbn	Körper
	Feichbauch	beleibter Feigling
22	rumgaagn	Unfug treiben
25	Merdlsmaala	Eigenname
	Scheeleebi	Eigenname
	Deena	Flur, Diele
28	Kalm	weibliches Rind, das noch nicht trägt
	Schadd	Gugelhupf
	Fudderaaschi	frisch gemähtes Grünfutter
	Robbarn	Schubkarre
	Rangersn	Runkel-, Futterrüben
	Erpfl oogneggln	eingelagerte Kartoffeln entkeimen
29	ieberschi	über sich in die Höhe
	ihr Beedla nausschneidn	das Beet zu Ende schneiden, das Leben zu Ende bringen
31	a Verstehsdmi hoom	verstehen, Ahnung haben
	Dood	Pate
32	schuuln	eine höhere Schule besuchen
	a Lasd	viele
36	reggsi	regsam, lebhaft
	ficherland	geschickt, tüchtig, lebhaft
37	a Helling	Helligkeit
38	Handwelln	Handtuch
41	Dieschloodn	Tischschublade
	Ringgerla	Brotanschnitt
	Scharmitzl	Papiertüte
	gligg guud	gut erhalten, noch vollkommen neuwertig
42	Greem	geflochtener Korb mit Haltebogen
	Schenzla	breiter Korb mit seitlichen Haltegriffen

	Grammerd	zweites Heu, Grummet
	Kesdl	Kessel
	Dämpfer	Kartoffeldämpfer
	Kullupfn	Gugelhupf
	Breddn	Heuboden
43	Staffl	Steintreppe am Hauseingang
	Gniefiesl	geiziger, pedantischer Mann
	beedlfechderisch	geizig und vorteilssüchtig
44	wi der Schieß in der Reidern	wie ein Furz im Getreidesieb
47	stabaa verlaanga	hartnäckig („Stein und Bein“) verleugnen
48	kann Dauch geem	nichts taugen
49	durch die Wiesn saia	quer durch die Wiesen rennen
	Draad	Getreide
56	annd doo	Sehnsucht nach etwas haben, das man verloren hat
57	weezln	hin- und herwälzen
58	webbsi	unruhig, flatterhaft
	sierisch	gierig, mit Feuereifer und Heißhunger
62	heemerdreem ieberzwerch	auf beiden Seiten quer
	Mohdn	gemähte Grasreihe
64	Kimmerling	Gurke
65	Raa	Ackerrain
66	Oogl	Baumnadeln
	ausgnosd	ohne kleinere Äste und Zweige
	Bechdalln	harzige Stelle am Baum
	zammgraddld	zusammengespannt, fest verschnürt
67	Schwamma	Geschlechtsteil der Kuh
	Strichn	Zitzen am Kuheuter
68	feerdn	voriges Jahr
72	rindern	befruchtungsfähig sein (Kuh)
	rumsn	befruchtungsfähig sein (Sau)
	rawellisch	unruhig, verstört
73	neischroodn	vertilgen
75	äsi	schmackhaft und leicht verdaulich

77	wos groodn kenna	etwas entbehren können
	auf a Reed geh	folgen, gehorchen
	Heefl	Krankheit, bleibender gesundheitlicher Schaden
78	fier a Fimpferla Dreff holln in der Abbodeegn	spöttisch gemeinte Redensart (Dreff: Zielwasser)
	Broodworschdmooß holln bein Schlachdn	spöttisch gemeinte Redensart (ein sog. „Bratwurstmaß“ gibt es nicht)
	Nachdgeeger	Schreckgespenst
	Bloosorsch vo Ferd	legendäre Figur aus Fürth
	Dood vo Forchheim	legendäre Figur, elende Erscheinung
	Schelln Siemer vo Schaafld	mysteriöse Figur aus Scheinfeld (Schellen Siebener)
	auf die Kaddlschull geh auf Weinzierlein	ein schlechter Schafkopf-spieler erhält den spöttischen Rat, diese fiktive Schule zu besuchen
79	gilfn	maulen, quengeln
	Bassniegl	trotzige, dickköpfige Kinder
	Salzer braung	eine Tracht Prügel brauchen
81	kan Moong hoom fier wos	keine Neigung, keine Lust, kein Gefühl für etwas haben
	dreggi nookumma	schlecht dastehen
84	all Dried	überall, immer
88	ausblachd	ausgebleicht
95	Brolln	Erdklumpen, Brocken
96	Gree-Eischloong	Meerrettichstengel eingraben
	Schipf	Holzschuppen
97	simmerisch	hochsommerlich
	Raale machn	Heu zu Reihen zusammenrechen
	Oxeraang eischloong	Spiegeleier machen
	Droggnung	Heutrocknung
	Schrolln	Erdklumpen, Brocken
99	zerlusdierd	amüsiert
101	zwiewiggsi	Getreide, das zugleich grün und zeitig ist
	Iebribleibi	übriggebliebene Reste einer Mahlzeit